U0894548

生命中
最简单
又最困难
的事

THIS
IS
WATER

著 ———— 【美】大卫 · 福斯特 · 华莱士
绘 ———— 高焉沁
译 ———— 龙彦 马磊

时代出版传媒股份有限公司
北京时代华文书局

图书在版编目（CIP）数据

生命中最简单又最困难的事 /（美）华莱士著 ; 高焉沁绘 ; 龙彦，马磊译. -- 北京 : 北京时代华文书局，2015.5（2020.9 重印）

书名原文 : This is water:some thoughts,delivered on a significant occasion,about living a compassionate life

ISBN 978-7-5699-0292-1

Ⅰ. ①生… Ⅱ. ①华… ②高… ③龙… ④马… Ⅲ. ①演讲－美国－现代－选集 Ⅳ. ① I712.65

中国版本图书馆 CIP 数据核字（2015）第 153647 号
北京市版权著作权合同登记号　图字：01-2015-1367

生命中最简单又最困难的事

SHENGMING ZHONG ZUI JIANDAN YOU ZUI KUNNAN DE SHI

著　　者｜［美］大卫·福斯特·华莱士
绘　　者｜高焉沁
译　　者｜龙　彦　马　磊

出 版 人｜陈　涛
选题策划｜牛瑞华
责任编辑｜陈丽杰　侯培迪
装帧设计｜熊琼工作室
责任印制｜刘社涛

出版发行｜北京时代华文书局 http://www.bjsdsj.com.cn
北京市东城区安定门外大街 136 号皇城国际大厦 A 座 8 楼
邮编：100011　电话：010-64267120　64267397
印　　刷｜天津创先河普业印刷有限公司
（如发现印装质量问题，请与印刷厂联系调换）
开　　本｜787×1092mm　1/32　印　　张｜4.75
字　　数｜50 千字　图 幅 数｜49
版　　次｜2016 年 1 月第 1 版　印　　次｜2020 年 9 月第 2 次印刷
书　　号｜ISNB　978-7-5699-0292-1
定　　价｜32.00 元

导读

两条小鱼在水里游泳，突然碰到一条从对面游来的老鱼向他们点头问好：

“早啊，小伙子们。水里怎样？”

小鱼继续往前游了一会儿，其中一条终于忍不住了，他望着另一条，问道：

“水是个什么玩意？”

这是美国作家大卫·福斯特·华莱士（David Foster Wallace）2005年在肯扬学院（Kenyon College）毕业典礼上的演讲。如果你以为华莱士将自己喻作“智慧老鱼”，正在向这些即将毕业“小鱼儿”传授经验的话，那就错了。华莱士是从生活中最显而易见的平常之事入手，探讨人文教育的真正价值所在。华莱士认为，人文科学教育并非知识填鸭，而是让我们“学会如何思考”。在他看来，教育的真正价值与成绩、学位完全无关，只与生命的自觉和警醒有关，自觉于什么是真实及重要的。这种自觉就隐藏于我们身边平淡无奇的生活中，但“在繁琐无聊的日常中，日复一日地保持自觉与警醒，困难得不可想象”。

这是华莱士唯一一次公开演讲。这场演讲在当时默默无闻，之后却突然逆袭，演讲录音通过邮件和博客在朋友圈不断流转，引发广泛共鸣。后来，The Glossary 工作室根据录音制作了一个长约 9 分钟的短视频，在全球最有影响力的视频网站 Youtube 上，短短一周内就有超过 400 万人点阅。

2009 年，美国小布朗出版公司（Little,Brown and Company）将华莱士的演讲整理出版，出版后受到更大的关注。《时代杂志》认为，“你可以把它当作对知识分子最后的演讲”；《纽约时报》认为，“该书让我们看到了力量、良善和宽容，而这些品质，是那位头脑王国的主宰（思维定势）永远都无法打败的”。

2013，美国权威媒体评选出近年来“最具影响力的十大毕业典礼演讲”，第一名是史蒂芬·乔布斯（Steve Jobs）在斯坦福大学的演讲，而紧随其后的就是大卫·福斯特·华莱士的这篇演讲。

在中国文化圈和知识界，华莱士的演讲也广为人知。青年作家蒋方舟如此评价道：“非常喜欢的一段演讲，可能很多人都看过。美国作家大卫·福斯特·华莱士 2005 年在某大学的毕业演说，关于如何摆脱生命中循环的无聊，获得内心自由。前几天读他的传记《每个爱情故事都是鬼故事》，重温视频，依然感动。然而，华莱士自己也没有摆脱生而为人的痛苦，3 年之后自杀身亡。”其实，在很多人看来，这位天才作家的早逝让这篇演讲更加震撼：生活不会总是一帆风顺，我们要学会提醒自己走出思维定势的泥沼。同时，我们要学会给身边人更多的空间，因为我们不知道他们正在面对怎样的困苦。

演讲的文字稿也在读者中广为传播。在引进版权之前，已经有好多网友自发翻译该书，并且在各种翻译群里学习讨论，还有人将翻译稿上传，仅在百度文库上就有 11034 人阅读、1662 次下载。

在文艺青年聚居地豆瓣社区，该书的英文版本有

96 人读过、15 人在读、221 人想读。有一位读者如此评价道：“很久没有这么让人醍醐灌顶的时候了。近一年以来，除了无意读到梁启超先生的《论成败》短文，就是因缘际会看到演讲视频，随即就入手了英文的原版书，现在是枕边读物，真心喜欢！”

中文简体字版的出版得到了人人影视字幕组的大力支持，他们向我们推荐了字幕组的资深译者龙彦、马磊担任此书的翻译。为了更好地呈现本书内容，我们邀请了青年插画师高焉沁女士画了精心的插画。另外，编辑过程中，我们在部分字句上参考了台湾红通通文化出版社的译本。在此一并感谢。

限于编辑水平，难免存在错漏之处，欢迎读者批评指正。

这就是水

两条小鱼在水里游泳，突然碰到一条从对面游来的老鱼向他们点头问好：“早啊，小伙子们。水里怎样？”

小鱼继续往前游了一会儿，其中一条终于忍不住了，他望着另一条，问道：“水是个什么玩意？”

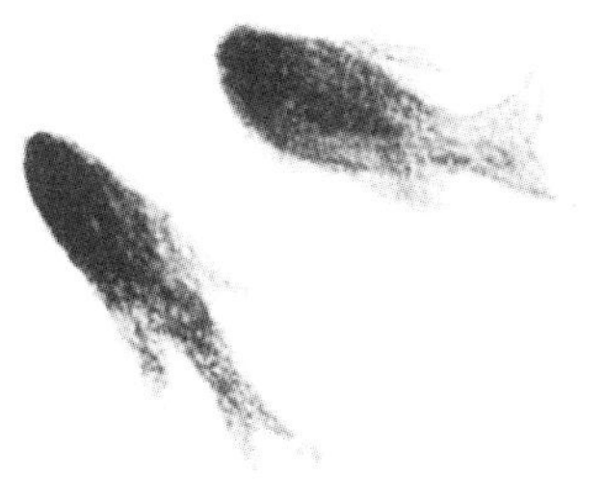

这便是美国大学毕业典礼演讲上的必备故事，演讲者由此便能展开寓意深刻的说教。

这个故事似乎稍好一些，不比其他俗气的故事那么胡扯……不过，你们若以为我会将自己喻作智慧老鱼，向你们这些小鱼儿阐释水的含义，那还是省省吧。

我可不是什么智慧老鱼。

这个鱼儿的故事要表达的观点很简单：最明显、最普遍、最重要的关系，往往是最难发现、最少谈论的。

当然，这句话说出来也是陈词滥调——但事实是，在成年人的日常之中，即便是陈词滥调，也可能攸关生死。

或者，这大概便是我在这个清爽的早晨，想给各位的建议。

当然，我做这样的演讲，主要是想给各位说说教育本身的意义，给各位解释一下，对于即将取得学位的诸君而言，你们所拥有的并非只是物质回报，更有实实在在的人文价值。

因此，我们还是说说毕业典礼演讲上的那条最简单、最常见的陈词滥调吧——即，人文科学教育并非知识填鸭，而是“让你学会如何思考”。

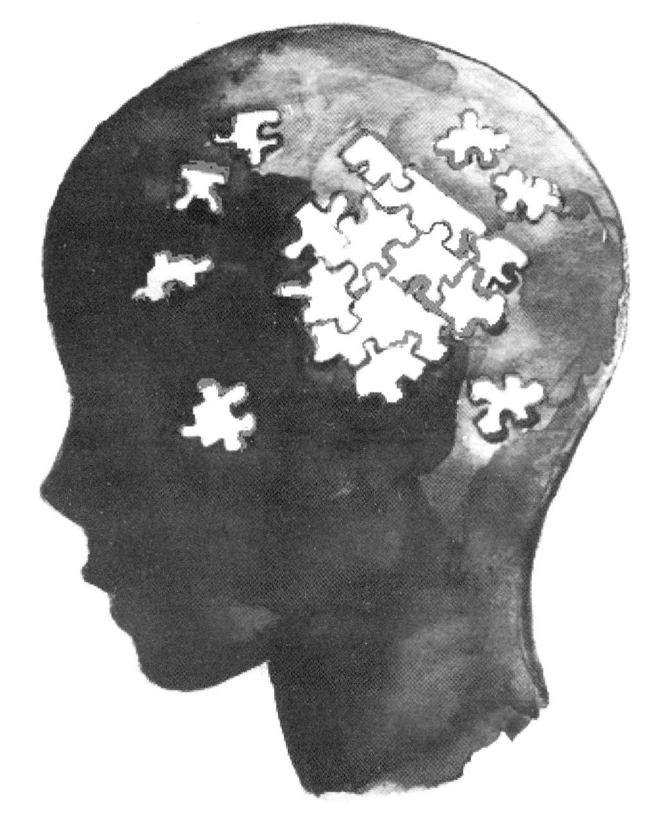

如果此时的你们同大学时代的我一样，那肯定不愿听到这样的话，反而会觉得这样的话语是一种侮辱，因为你们已经无需任何人来教你们如何思考了——既然已经获得了一流大学的认可，也就证明，你们早已懂得如何思考。

可我要跟你们说，人文教育的这条陈词滥调毫无污蔑之意，因为，我们在这样的大学里应当接受的真正有意义的教育并非关乎思考能力，而是对思考内容的选择。

如果你觉得自己完全能够自主选择思考的内容，觉得这样的讨论纯属浪费时间的话，我建议你先思考一下鱼和水的故事，随后几分钟，烦请暂且不去怀疑讨论如此显而易见之事的价值。

再讲一个具有教育意味的小故事。

在阿拉斯加一个偏远郊外的酒吧里，坐着两个人。

其中一个是信徒，另一个是无神论者，他们正借着四杯啤酒下肚后的那股烈劲儿争论着上帝存在与否的话题。

无神论者说：听着，我不相信上帝，也并非全无道理。

我也曾做过向上帝祈祷之事。

就在上个月，我在露营的时候，被一场可怕的暴风雪困住了，什么也看不见，完全迷了路，当时温度有零下 45 度，所以我便试着祈祷。我屈膝跪在雪地里，大喊着：

上帝啊，我在暴风雪中迷失了方向，如果你真的存在，求求你，救救我，否则，我就要死在这里了！

于是乎，酒吧里的那位信徒望着那位无神论者，一脸迷惑地说道：“那么，你现在肯定相信了吧。毕竟，你坐在这儿，活得好好的。”

无神论者眨巴着眼睛，像看白痴一样看着那位信徒："我可不信。我之所以能活下来，是因为有两个爱斯基摩人碰巧路过，引导我回到营地的方向。"

从人文科学的角度来剖析这个故事并非难事：两个人若是拥有两种不同的信仰模式，会用两种不同的方式从经历中获取意义，即使是一模一样的经历，他们也可能收获完全不同的意义。

我们鼓励相互包容，鼓励信仰多元化，因此，我们绝不会断言某个人的理解是正确的，而另一个人的理解是错误的，或是不好的。

这不打紧。只不过，我们一直都在不停地讨论，这些个人模式和信仰从何而来，即，从这两个人内心的哪个地方而来。

似乎，一个人对世界和对自身经历的意义的解读方式，就好像身高或者鞋码一样，是天生的；又或者像语言那样，是从文化中吸收的。

我们对意义的构建，似乎并不是出于个人自觉的、刻意的选择。

而是源于傲慢自大

那位无神论者十万分确信，爱斯基摩人的出现与他的祷告没有任何关系。

当然，许多有信仰的人似乎也都对自己的理解无比自信。

也许，他们甚至比无神论者更令人反感，至少对在场的大多数人来说是如此，然而实际上，宗教教条主义者的问题与故事中的无神论者的问题并无二致——自大、盲目确信、思想封闭，就像一个彻彻底底的牢狱，狱中之人甚至不知自己已被监禁。

在此，我想说的是，这便是人文教育中“教我们如何思考”的真正含义：少些自大，多些对自己和自己所确信之事的“批判意识”……因为，有许多我不假思索便确信的事，结果却是大错特错的。

我几经周折才终于明白这个道理，想必在座诸君也会如此。

有一个例子，足以说明我不假思索便确信了某件事，结果证明这完全是个错误。

我所有的切身体验，都让我对一件事深信不疑：我绝对是宇宙的中心，是世界上最真实、最鲜明、最重要的人物。

我们很少去思考这种自然而然出现的自我中心意识，因为从社交方面考虑，这种意识很叫人反感，但实际上，它又确确实实地存在于我们所有人的内心深处。

这种意识，是我们自出生起就存在的默认设置。

你想：在所有的经历当中，没有哪一个不是以自我为绝对中心的。

在你的经历中，世界要么在前，要么在后，要么在左，要么在右，要么在电视上，要么在监视器里，等等。

虽说他人的思维和情感也以某种方式与你相交融，但你自己的思维和情感才是最直接、最迫切、最真实的。

这么说你就明白我的意思了。

请别担心我接下来会向你们说教，讲述慈悲情怀、利他思维，或者诸如此类的所谓“美德”。

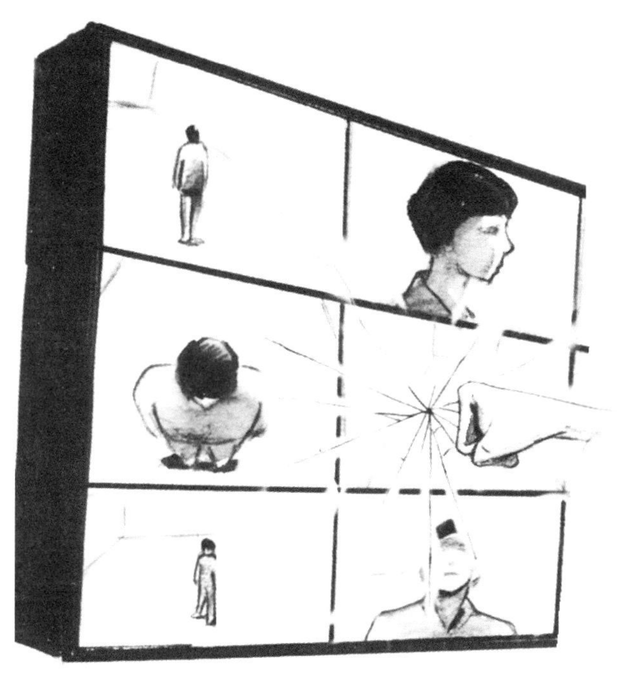

这无关乎“美德”——而关乎我的选择，选择以某种方式来改变或者摆脱我们与生俱来的默认配置，即完全以自我为中心、并以自我中心的眼光看待万事万物。

那些能够以这种方式来调整自己的默认配置的人常被誉为“适应性好的人”——在此提醒各位，这绝非一个偶然的术语。

根据这个学术设定，一个问题便凸显出来：调整默认设置，与真正的知识或才智又有多大关系呢？

答案不难得出：这取决于我们谈论的是何种知识。

也许教育体系中最危险的事，至少就我而言，便是它会让人喜欢上过度推理，让人迷失于抽象思维之中，从而忽略了眼前之事。

甚至忽略了内心之事。

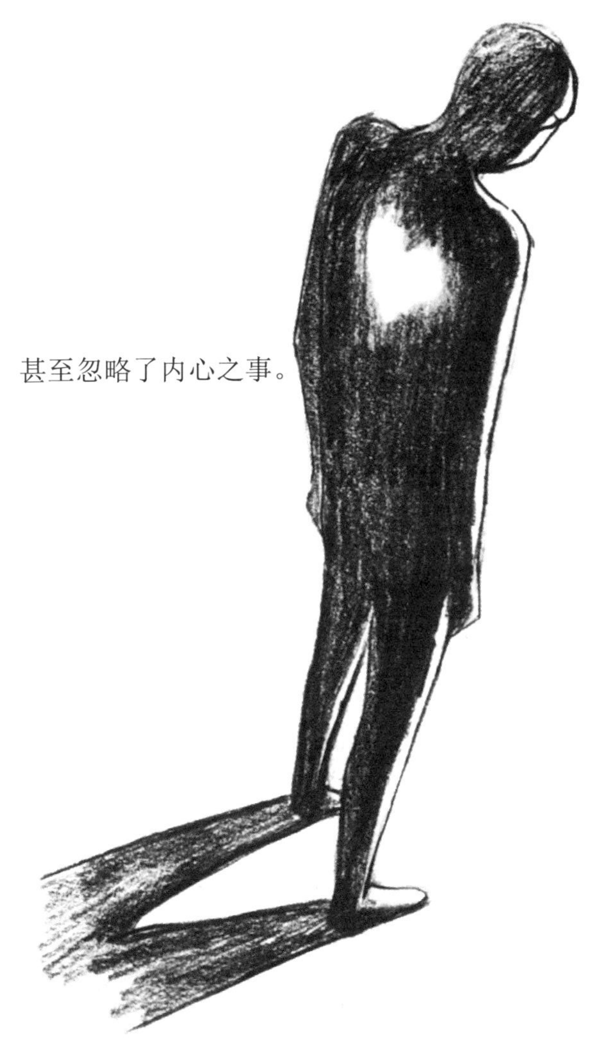

想必各位现在已明白，随时保持警醒与专注，而不被头脑中持续不断的独白催眠，实在困难。

但各位却未必明白这种斗争的利害得失。

在毕业后的这二十年里，我渐渐明白了其中的得失，明白了人文教育“教你如何思考”这一陈词滥调，实则是一个深沉而重要的真理之简说。

“学习如何思考”，其实是学习掌控自己思考的方式和内容。

是让你以充分的自觉和警醒去选择关注的内容，选择从经验中构建意义的方式。

因为，倘若你在成年生活中不能或不愿练习这种选择，那你将会被彻底打败。

想想那句老掉牙的话：思维是“优秀的仆人，可怕的主人”。

它与许多老套格言一样，看似陈腐、毫无说服力，实则表达的是一个伟大而可怕的真理。

成年人用枪自杀时，几乎都会选择瞄准自己的脑袋，这绝非偶然巧合。

实际上，大多数自杀者在扣动板机之前便早已死去。

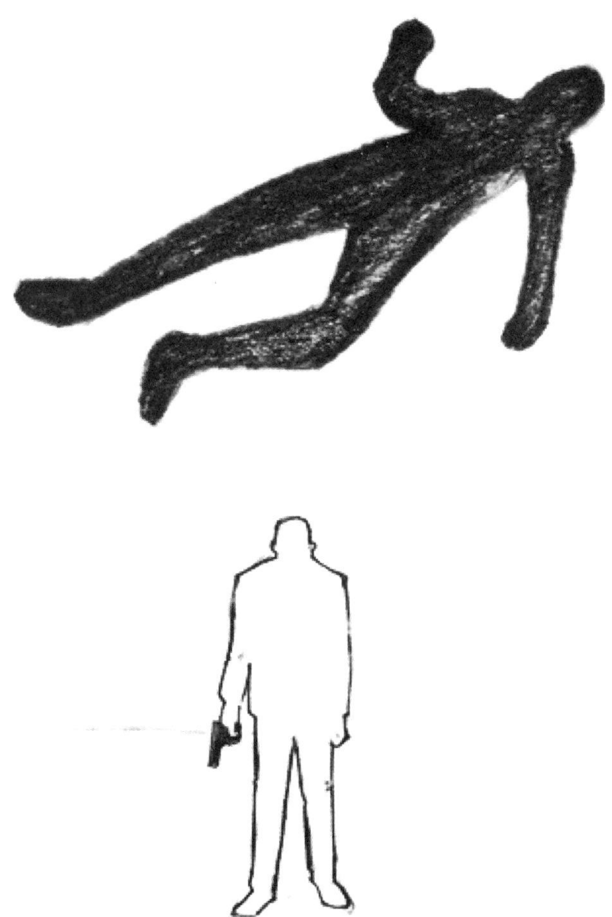

我认为，各位所接受的人文教育应当具有的实实在在的价值在于：在你们舒适、富足、体面的成年生活中，如何摆脱日复一日的重复单调，避免自己成为思维的奴隶，成为“如帝王一般独一无二的自我中心”这一默认设置的奴隶。

也许这听起来像是夸张而抽象的谬论。

那我们不妨说得具体一点。

实际上，即将毕业的各位完全不知晓“日复一日”的真实含义。

而这恰恰是成年生活中最重要的部分，而大多数毕业典礼演讲却从未提及。

其中一部分便是厌烦倦怠、例行公事和微小的挫折。

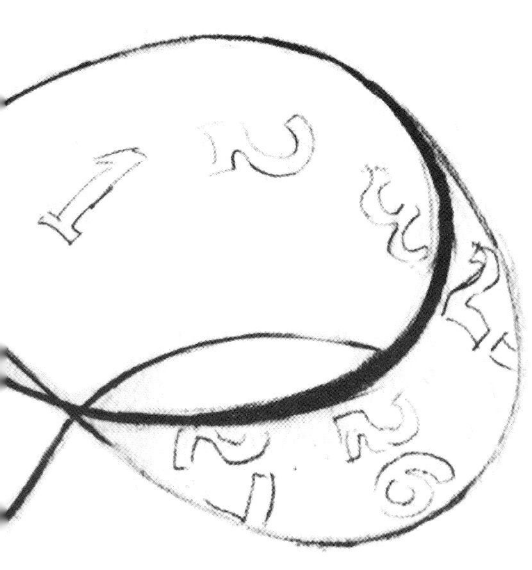

在座的家长和长者对我说的这些再清楚不过了。

举个例子，假设今天是成年生活中平平常常的一天，你早晨起来，去干那份充满挑战的白领工作，辛辛苦苦干了九到十个小时，末了，你累了，筋疲力尽，你只想着回家吃顿好的，然后，也许你只放松了一两个小时，就得早早入睡了，因为明天还得早起，还得重复一模一样的事情。

突然，你想起家中没有了食物——拜你那份充满挑战的工作所赐，你根本无暇购物——所以下班之后，你只好开车去超市。

今天是本周的最后一个工作日，交通拥堵，路途比平时要远很多。好不容易到了超市又遇上人潮涌动，显然，这是因为这个点儿也是其他上班族采购生活用品的时间；超市里的荧光灯亮得有些可怕，充斥着足以扼杀灵魂的轻音乐或是流行歌，这里绝对是你最不想待的地方，偏偏却没办法快去快回。

你不得不在灯火通明的巨大超市中穿梭，在一条条拥挤的过道间寻找你想要的东西，然后推着那毫无意义的推车，穿过同样推着小车、同样疲倦匆忙的人群。

当然，还会有一些行动像冰山一样缓慢的老人、精神恍惚之人以及患有多动症的孩子不时挡住过道，你不得不咬紧牙关，尽量礼貌地请求借过。终于，你买好了所有的晚餐食材，又迎来了下一个问题——尽管现在是晚间购物高峰，超市里却没有足够的结账通道，人们排起了长长的队伍。

这真是既愚蠢又气人，但你又不能把气撒在收银女士身上，她也是因为工作而过度劳累，其工作内容的单调和无聊程度远远超过了著名大学出身的在座诸君的想象……

但无论如何，你终于来到了收银台前，等着机器验证支票或信用卡，之后就会有一个声音对你说："祝你愉快"

——听上去绝对像是死亡之音。

接着，你得把装满食物的不结实的烦人塑料袋放进购物车，而购物车的一只轮子发疯了似的总是往左拐。

你还得推着它穿过脏乱、拥挤、颠簸的停车场，再努力把这些袋子装进车子的后备箱，还要确保在回家的路上，这些东西不会从袋子里掉出来，滚得后备箱里到处都是。

接着，你还得在缓慢、繁忙又挤满越野车的交通高峰时段开车回家，诸如此类。

当然，在座诸君都有此种经历——但这些还没有成为各位实际生活的一部分，各位还没有如此日复一日周复一周月复一月年复一年。

然而，未来确将如此，还有更多枯燥沉闷、恼人厌烦、看似毫无意义的例行公事，不过……

不过，这并不是重点。

重点在于，像这样细微琐碎、令人厌烦的无聊破事，正是你做出选择的时机。

正是堵塞的交通、拥挤的过道和结账时的大排长龙，让我有时间去思考，如果我对于如何思考和思考什么都无法做出明智的决定，那么每次采购时我都会生气难过，痛苦不堪，因为我天生的默认设置就是——

凡此种种都是针对我，针对我的饥饿、疲惫和回家的欲望，并且，似乎全世界的人都恰好挡住了我的去路，这些挡路者都他妈的是谁啊？

看看大多数在这里排队结账的人是多么可憎，一个个瞪着死鱼眼，蠢得像牛一般，完全不像活生生的人类；看看那些在队伍中间大声讲电话的人有多么讨厌和无礼；再看看这究竟有多么不公平：我辛辛苦苦工作了一整天，又饿又累，却不能回家吃口饭、歇口气，只是因为这些该死的人类。

当然，如果我的默认设置更具社会意识和文艺气息，我就能在下班晚高峰期愤愤不平地厌恶着这些又大又蠢的挡路越野车、悍马和 V-12 皮卡，看它们四十加仑的油箱里自私地浪费着汽油；细细思考着这样一个事实——

那些标榜爱国或者信仰的保险杠贴纸，往往出现在最令人作呕而又自私的大车上，由最丑陋、最轻率和最激进的司机驾驶着，他们常常是一边讲着电话，一边加速超过行人，只是为了能让自己在堵车的长龙中前进个愚蠢的二十英尺；

而且，我还会想到我们的后代的后代，对于我们这样浪费未来的能源，还可能破坏了气候，会有多么鄙视，甚至觉得我们都被宠坏了，愚蠢自私，令人恶心，会想到这一切简直糟透了，如此这般……

你瞧，如果我选择这么想，好吧，很多人都是这样想的——但这样的想法往往都是非常简单、自然而然的，根本算不上是一种选择。

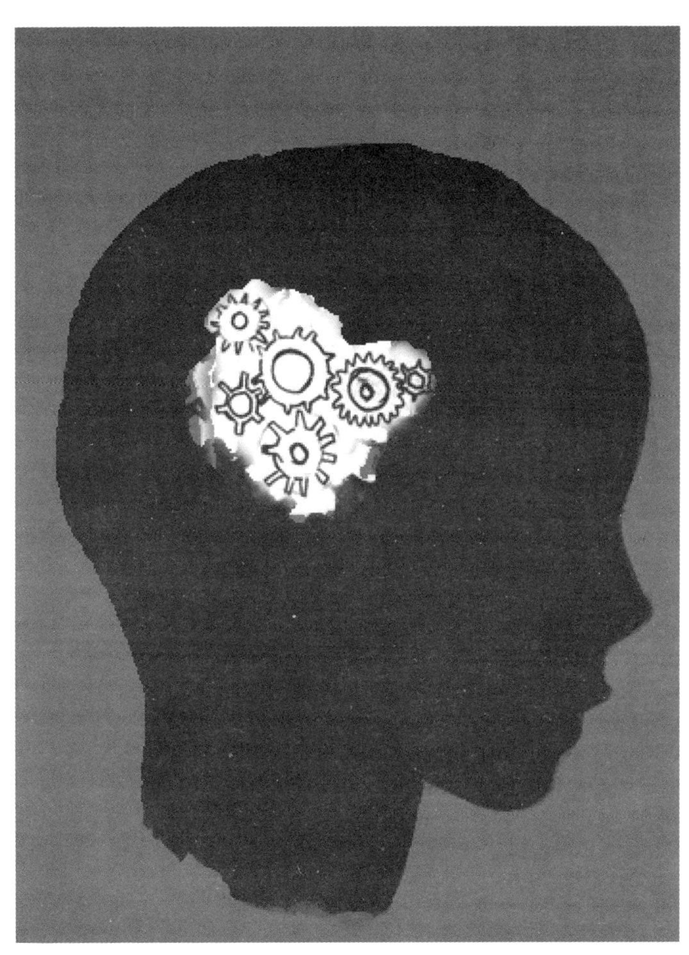

这样的想法就是我天生的默认设置。

正是这样自然而然、无意识的方式，让我体验到了成人生活中枯燥无趣、灰心丧气、繁忙劳碌的那一部分，我自然而然、无意识地有这样一种信念：我是世界的中心，我眼前的需要和我的个人感受，决定着世界运转的先后顺序。

但问题是，显然我们可以用不同的方式来思考这类事情。

在这样的道路上，所有滞留和空转的车辆都挡了我的去路：当然，有可能这些越野车里的人曾经历过可怕的车祸，现在仍惧怕开车这件事情，于是他们的治疗师无一例外地都让他们买一辆又大又笨的越野车，好让他们开车时觉得安心；

又或者，刚刚超过我的那辆悍马可能是一位父亲载着自己受伤或生病的孩子，急匆匆地赶去医院，他的匆忙远比我的匆忙更加重要，更为合理——实际上，是我挡了他的路；

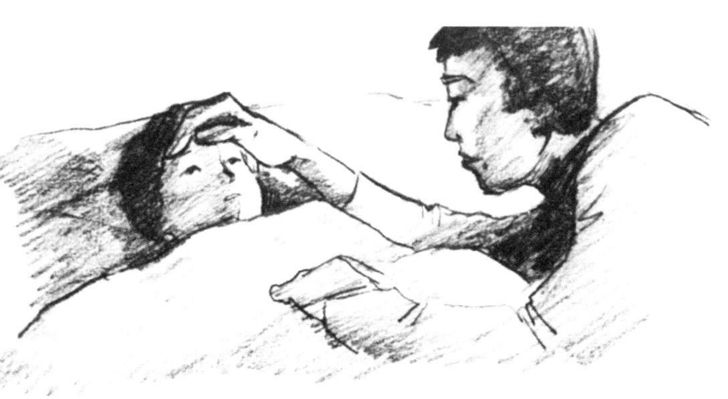

又或者，我可以勉强自己考虑这样一种可能性：在超市收银台前排队的每个人，或许都和我一样无聊而沮丧，甚至有些人的处境比我更艰辛、更乏味、更痛苦。

诸如此类
……

再次强调，请不要认为我是在布道，为你们宣讲什么道德忠告，或者是在告诉你们“应该”这样思考，我也不是说任何人都会期望你自然而然地这么做，因为这样很难，需要意志和心力，如果你像我一样，那么在某些时候，你可能无法做到这一点，或者你只是单纯地不愿这么做。

但大多数时候，如果你够警醒，让自己有所选择，你就可以从不同的角度看待刚刚收银台前的一幕——一位浓妆艳抹的死鱼眼肥婆冲自己的孩子大吼大叫。

或许她平时并不这样；或许她已三天三夜没有合眼，守护着自己罹患骨癌将不久人世的丈夫；又或许这位女士是美国汽车协会的底层员工，刚好通过自己的一些小门路，帮助你的另一半解决了噩梦般的繁文缛节。

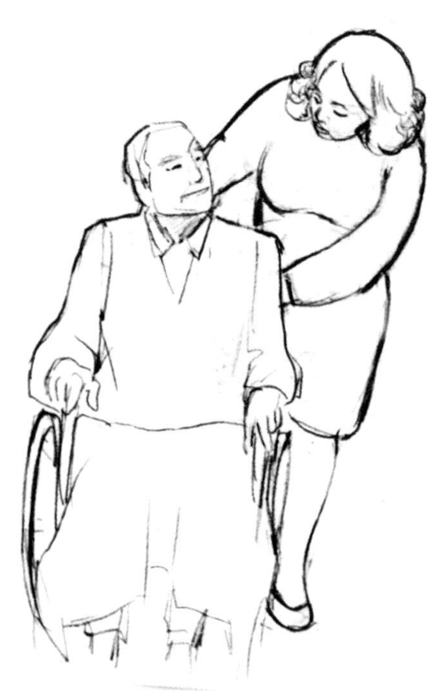

当然，此类事情的可能性不大，但也绝非毫无可能——这取决于你思考问题和集中注意力的方式。

如果你自然而然地就能确定自己知道实际情况，以及什么人、什么事才是真正重要的——如果你想要按照自己的默认设置运转——那么你就跟我一样，可能不会去考虑那些并非毫无意义且恼人的可能性。

但如果你真正学会了如何思考，如何关注，那么你就会明白，你还有其他的选择。

那么，你将会拥有这样一种能力，把刚刚那幕拥挤烦躁、缓慢耗时、如同地狱般的购物情景变得既充满意义，又神圣无比，与点亮星星的神奇力量共同闪耀：同情、爱以及万事万物深层的和谐。

神秘的事物不见得一定是真的：唯一绝对的真实是，你可以决定自己以何种视角去看待事物。

我认为，这，就是真正教育的自由，以及学会如何更好地适应的自由：你会有意识地决定什么有意义，什么没有。

由你来决定信仰什么……

因为，还有一些其他的事情也真真切切。

在成年生活中日复一日的沟槽里，其实并不存在什么无神论。

根本不存在“无所信”。

人人皆信仰

我们拥有的唯一选择，就是选择去信仰什么。

选择去信仰某个神灵，或灵性之类的事物——不论是耶稣基督，还是某些坚不可摧的道德准则——都有一个很好的理由，那就是你信仰的任何其他事物都会将你生吞活剥。

如果你爱慕金钱和美食——觉得这才是生活的真正意义——那么，拥有多少都不足够。

你永远不会满足。

这是真理。

如果迷恋身材、美貌及性感魅力，你永远都会嫌弃自己的丑陋，当岁月和年龄的痕迹开始显现，在它们将你掩埋之前，你已经死过上百万次了。

在某种程度上，我们都已经知晓这些事情——

因为它已经被编成了神话、谚语、陈词、俗套、

警句、寓言——每一个伟大故事的骨架。

诀窍便是在日常自觉中优先考虑这一真理。

崇拜权力，你会感到软弱与恐惧，为了逃避这样的惧怕，你将需要更多更大的权力。

崇拜智慧，努力在别人眼中树立智者的形象，你终将会觉得自己愚昧，欺骗了众人，随时都有可能被他人揭穿。

诸如此类。

但这些不同形式信仰的阴险之处，并不在于它们有多邪恶或充满罪恶；

而在于它们都是无意识的。

它们是先天的默认设置。

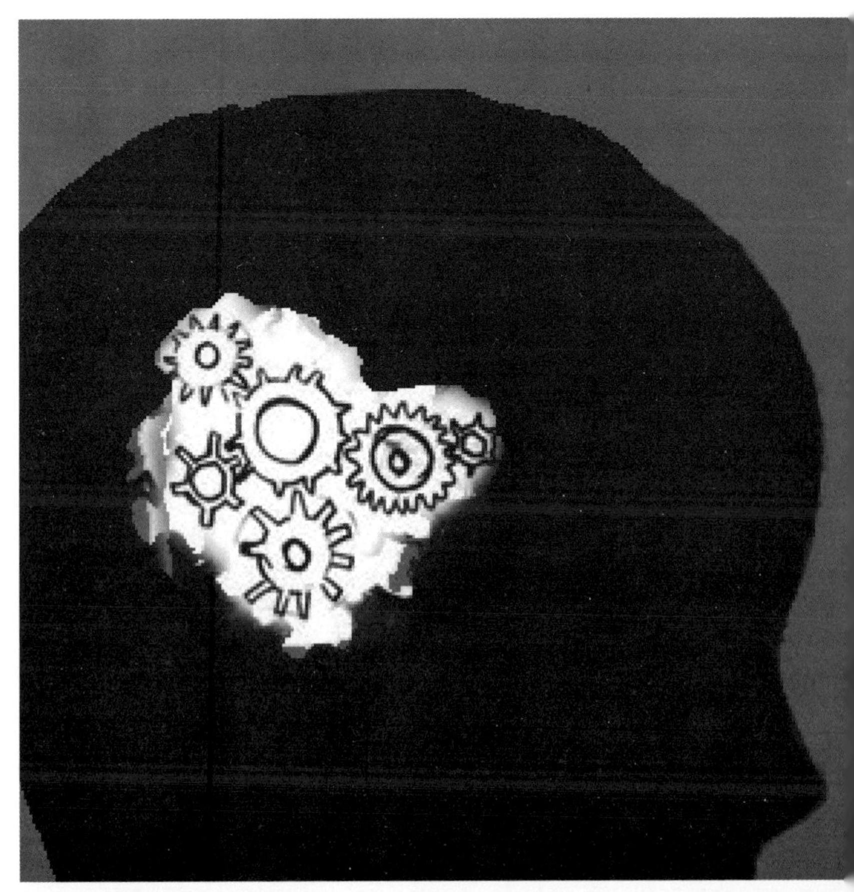

正是这些日复一日渐渐形成的信仰，使你在还没察觉自己究竟在干什么时，就对所见所闻以及价值判断充满挑剔。

而所谓的“真实世界”并不会阻止你运转默认设置，因为由人类、金钱和权力构建的“真实世界”，在恐惧、耻辱、挫败、渴望和自我崇拜的驱使下，一路高歌。

我们现今的文化已经驾驭了这些力量，产出了非凡财富、舒适安逸和个人自由。

这种自由，成为我们头脑王国的主宰，独立于所有创造的中心。

这种自由值得推崇。

当然，自由有各种不同的类型，而最宝贵那一种，在这个以胜利、成就和炫耀为基准的花花世界中，很少被人提及。

真正重要的那种自由，意味着专注、自觉、自律、不懈努力，以及真诚地关怀他人，并且每天都以无数琐碎微小而乏味的方式，一次又一次地为他人牺牲奉献。

这便是真正的自由。

这便是学习如何去思考。

和这种自由相对的，则是没有自觉、默认设置、永无止境的激烈竞争，始终处于一种持续不断的拥有和失去的痛苦之中。

我知道，这些听起来既不轻松有趣，也不鼓舞人心、激发斗志，不像是一场毕业典礼演讲该有的样子。

但据我所知，剥除空洞堆砌的修辞之后，这就是真理。

显然，你可以随意把它想象成任何东西。

但请不要把它当作劳拉博士*指手画脚的说教。

* 美国电视脱口秀主持人劳拉·施莱辛格（Laura Schlessinger），喜欢在节目中宣讲道德、原则及伦理观，曾因“反同性恋言论”引发争议。

这些全都无关道德、信仰和教条，也不是关于死亡之后的花哨言论。

真正的真理，关乎死亡之前的今生。

是你到了三十岁，甚至是五十岁的时候，都从没有想过举枪自尽。

关乎于真正教育的真正价值，与成绩无关，与学位无关，而在于一种自觉——意识到什么是真实的，什么是必要的；这种自觉就隐藏在我们身边平淡无奇的生活之中，我们必须时时刻刻一遍又一遍地提醒自己：

“这就是水。”

“这就是水。”

“这些爱斯基摩人也许远远不可貌相。”

在繁琐无聊的日常中，日复一日地保持自觉与警醒，困难得不可想象。

这也就印证了另一句陈词滥调：你们的教育真的是一生的事业，而且始于现在。

愿你们不止有好运相伴。

大卫·福斯特·华莱士（David Foster Wallace，1962—2008）

美国当代小说家，出生于知识分子家庭。大学期间，华莱士的过人天赋即得到展现，他在 24 岁时完成的英语文学专业毕业论文也是他的第一部小说——《系统的笤帚》（*The Broom of the System*），这是让华莱士初现文坛且大放光彩的作品。

1993 年华莱士凭借《无尽的玩笑》（*Infinite Jest*）获得麦克阿瑟基金奖（Mac Arthur Foundation），此奖项一贯被称之为天才奖。《无尽的玩笑》更在 2005 年被《时代杂志》评选为“1923 年以来世界百部最佳英语长篇小说之一”，与詹姆士•乔伊斯的《尤利西斯》、威廉•加迪斯的《承认》和托马斯·品钦的《万有引力之虹》等相提并论。

这样一个文学天才，他的历程夺目却异常短暂。在作品受到广泛赞誉的同时，华莱士也饱受抑郁症侵扰。2008 年，华莱士在加州的家中上吊自杀，年仅 46 岁。

前　言

长时间以来，不同种类的创伤经历造成的心理后果既没有被大众和专业人员认识或命名，也没有真正地得到治疗。可能存在的情况是，周围的人都知道某人遭遇了最可怕的事情，并且从此内心完全崩溃，但医学诊断的结果完全不同，认为他既非患“严重抑郁”“精神病”，也非患别的病。如今，创伤和创伤后遗症都已经是公认的心理疾病，而且被视作造成痛苦和伤害的常见根源。因此毫不令人惊讶的是，创伤后遗症作为一种包含大量较新概念的现象，刺激形成了大量科学研究方向，促进了心理治疗领域内许多新的发展。

“创伤”和“创伤后应激障碍”（PTBS）这些概念在媒体中极为常见，并且与那些最可怕的经历联系在

一起：战争、恐怖袭击、自然灾害，也包括自己孩子的死亡。现在人们对非复杂性和复杂性创伤后应激障碍（K-PTBS）进行了区分，两者又与最近被称为“延长哀伤障碍”的严重哀悼过程有所区别。

媒体往往将创伤经历与这样的说法联系在一起，例如对于患者来说“一切都已经面目全非”或者“那些情景永远烙印在他们的心头”。这些描述从患者的角度来说是可以理解的，但是全面长远地说，它们并不一定是真实的。

由于直到20世纪80年代才出现心理创伤学这一研究领域，因此有必要在本书中详细介绍它的基础、复杂的内在关联和新的临床发展。这样一来，就能探究上文提到的那些说法的可靠性，并且找到更合适的观点来取而代之了。如果对于创伤的影响和创伤后遗症的产生有清晰的看法，也同样能够促进如今治疗方法的多样化，本书也将对此进行论述。

极为常见的情况是，过去30年中在描述时普遍用到的那些概念，其中有些是确切的，有些则陷入了误区：受到创伤经历影响的人们是否应该被称为“创伤受害者”？这会带来什么后果？在别的语言中会将他们称为

“幸存者”，不得不承认的是，在德语中这样称呼就显得更为奇怪了。有些新创词，比如受到较多讨论的“历史创伤”和“集体创伤”这样的概念，也是绝对存在问题的。我们尝试在此采取一种均衡的视角，不去评价参与者的介入情况，但也要突出这些概念本身和它们在使用中的限制。同时，心理创伤学的概念还存在不足，比如战争等持续性的事件无法引起任何“创伤后”应激反应，因为事件仍然在持续，还没有结束的迹象。个体领域的创伤也可能发生这种情况，例如性虐待和暴力关系可能持续很长时间，而患者却无法自我解脱或在外部帮助下摆脱困境。

由于新疗法的发展，如今许多创伤后遗症能够得到很好的治疗。不过，并非所有医疗体系的相关人员都清楚有哪些方法可供使用。因此，采用不适当或不具备针对性的疗法而导致无法治愈疾病的情况并不少见。所以在本书第五章《有效创伤疗法的形式和可能情况》中，我将尽可能详细地介绍。然而，读者无法根据这一章的内容进行自我治疗，大多数情况下必须由受过专业训练的心理治疗师和医生来实施治疗。但是，对治疗过程及其可行性具备精确详尽的认知，能够帮助人们更好地克

服创伤带来的心理后果。

人们本能地同情患有创伤后遗症的那些人，但患者展现的对抗和根深蒂固的问题使得大多未受影响的人不知所措。本书尝试建立起一架又一架理解的桥梁，以帮助人们克服需求和认知的不对等所带来的无措。

目　录

日耳曼
通识译丛

创伤和创伤后遗症

〔德国〕安德烈亚斯·梅尔克（Andreas Maercker）著
赵易安 译

上海三联书店